BIBLIOTECA MARCHA CRIANÇA

HARDY GUEDES

A LOJA DA DONA RAPOSA

ILUSTRAÇÕES
MARIÂNGELA HADDAD

editora scipione

— Ué, dona Raposa! Está fechando a loja?

— Estou desistindo, dona Onça-Pintada.

— Por quê, minha amiga? As raposas sempre foram espertas para negócios.

— Mas desta vez não vai dar certo. Aqui na mata tem muito bicho biruta.

— Bicho biruta?

— É! E bicho biruta que só faz encomenda biruta!

— Não me diga que é assim.

— Mas é!

ACEITA-SE ENCOMENDA DE QUALQUER TIPO

— Imagine só que o Dante Elefante me encomendou um cachecol.

— E qual é o problema?

— Onde é que eu vou conseguir tanta lã? Haja ovelha! E como é que vai ser para tirar a medida?

— Puxa! Eu nem tinha pensado nisso.

— E a Girafa, que me pediu uma gravata de laço? Não podia ser uma gravata-borboleta igual à que o Pinguim encomendou por carta? Ah, dona Onça, por acaso já imaginou a quantidade de bicho-da-seda que eu vou ter que contratar?

— Que complicação!

— E é por essas e outras que eu vou fechar a loja.

— Mas quem sabe a coisa mude, dona Raposa...

— Muda nada, a cada dia é pior.

— Não me diga que apareceu mais encomenda biruta...

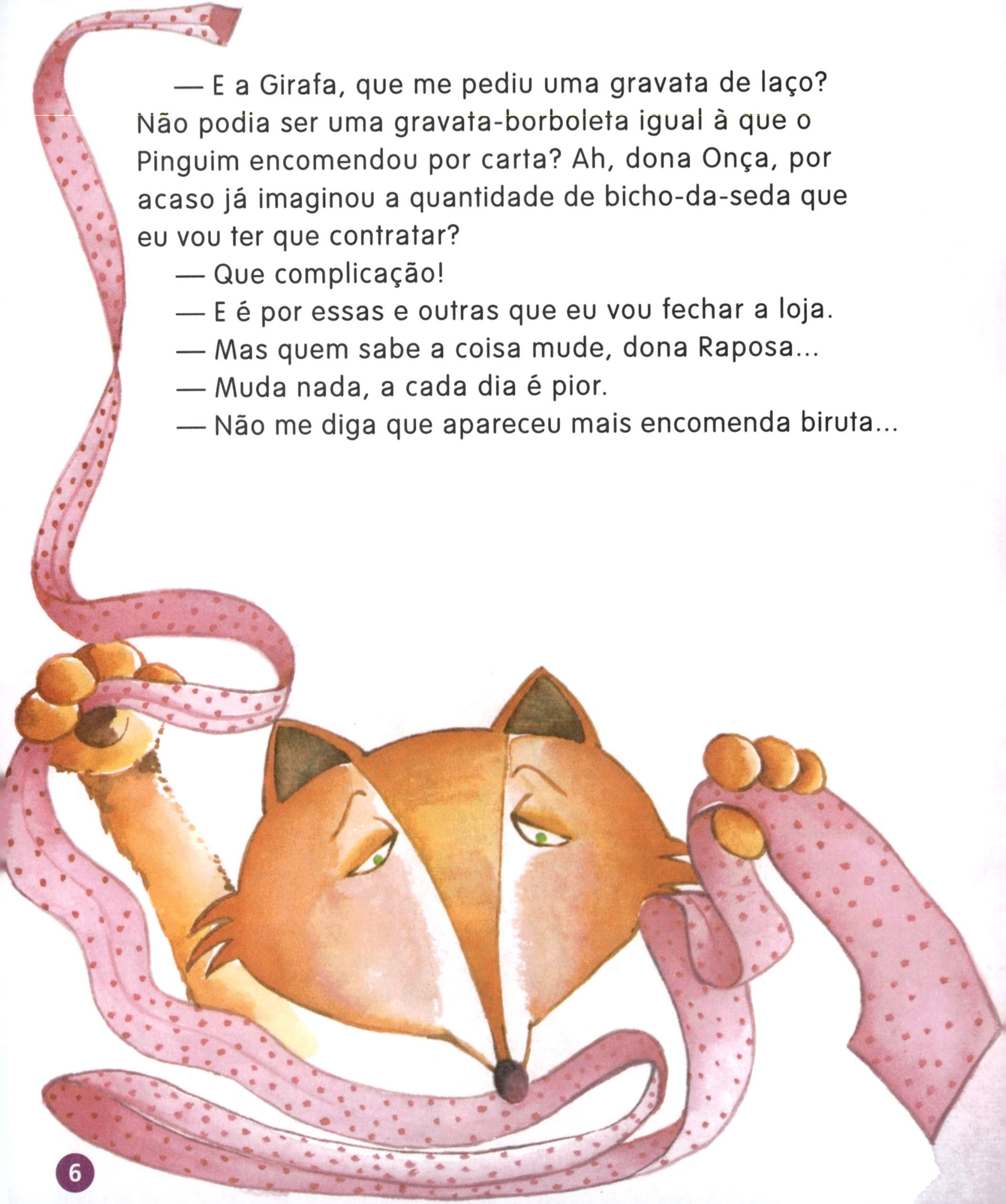

— É só o que me aparece. A Cobra quer uma bolsa.

— Nisto não há nada de anormal, dona Raposa.

— Só que ela quer uma de alça comprida para usar a tiracolo. Onde vou conseguir uma que sirva, se nem ombro ela tem?

— Há! Há! Há! Essa até que foi engraçada! Aliás, sempre achei a Cobra uma metida. Desde aquela história da maçã... Deixa isso pra lá e me conte se não apareceu alguma encomenda razoável.

— Bom, também não posso dizer que todo bicho é biruta. O Sapo encomendou pastilhas para a garganta. Parece que ficou meio rouco e andou desafinando no coral lá do brejo.

— Então, dona Raposa, tem também o lado bom.

— Isso eu não posso negar. O Bode pediu um barbeador, e o Gambá, um desodorante.

— Até que enfim! Parece que vamos ter um ar mais puro na mata.

— Agora, o malandro do Pica-Pau encomendou uma furadeira.

— Mas esse sempre foi preguiçoso!

— Em compensação, o Juca Jacaré, que está bem velhinho, já não enxerga direito...

— Quer um par de óculos?

— Nada disso! Pensou que uma pedra fosse uma tartaruga e quebrou alguns dentes.

— Coitado!

— E quer por força uma dentadura. E eu tenho lá coragem para tirar o molde?

— É. Realmente é perigoso. Se ele fecha a boca na hora, adeus Raposa!

— E o primo dele, o Chico Crocodilo, quer um lenço para enxugar as lágrimas.

— Nossa Senhora dos Bichos! Só se for um lenço do tamanho de um lençol de casal!

— E, ainda por cima, a Centopeia...

— Aquela que anda rebolando?

— Essa mesma. Cismou que vai usar calças compridas.

— Virgem Santa!

— Já conversei com uma porção de aranhas e nenhuma quer costurar uma calça com cem pernas, cem bainhas, cinquenta ganchos...

— Realmente, dona Raposa, o negócio é complicado.

— Eu acho que vou voltar a caçar galinhas que não dá tanta preocupação.

— Tente mais um pouco, minha amiga.

— Nem me dê um conselho desses! Se eu continuar, nunca mais vou poder dormir direito, só de imaginar as encomendas birutas que ainda podem aparecer. Já imaginou se a Vaquinha Leiteira resolve usar sutiã? Vai sobrar pra mim.

— Que pena que a senhora vai fechar a loja, dona Raposa! Logo agora que eu vim fazer uma encomenda!

— E o que é que a senhora queria, dona Onça-Pintada?

— É que eu estou de olho num gatão...

— E daí?

— É que ele me chamou de sardenta e eu queria um creme para tirar manchas...